Rüdiger Schneider

Eine Hochzeit in Köln

Personen und Handlung sind teilweise frei erfunden, Ähnlichkeiten oder gar Übereinstimmungen mit Namen rein zufällig.

Rüdiger Schneider

Eine Hochzeit in Köln

Erzählung

Bibliografische Information der Deutschen Nationalbibliothek: Die Deutsche Nationalbibliothek verzeichnet diese Publikation in der Deutschen Nationalbibliografie; detaillierte bibliografische Daten sind im Internet über http://dnb.d-nb.de abrufbar.

Herstellung und Verlag: BoD – Books on Demand, Norderstedt

ISBN: 9783758364044

Vorbemerkung zur kölschen Sprache der Wirtin

Die Wirtin in dieser Erzählung spricht meist Kölsch. Um der Lesbarkeit und des Verständnisses willen, lasse ich sie nicht nach den Vorgaben der Akademie für kölsche Sprache reden. Was sowieso kein Kölner im Alltag tun würde. Meist wird es ein Hochdeutsch sein mit kölschem Einschlag oder ein Kölsch mit hochdeutschen Ausdrücken dazwischen. Würde die Wirtin zum Beispiel sagen „Dat Mandy wunnt em baase Stock.", würde es kaum jemand verstehen. Statt dessen sagt sie: „Dat Mandy wunnt em eeste Stock." Oder statt „Es dä Desch noch quick?" verständlicher: „Es dä Desch noch frei?" Und so gibt es einige Beispiele mehr. Sie wird ihr eigenes, individuelles Kölsch sprechen mit hochdeutschem Einschlag. Zumal sie es in der Erzählung mit einem Koblenzer, also einem ´Ausländer´ zu tun hat.

1

Es ist ein nasskalter Tag im Februar 2024, ein Mittwoch, genau einen Tag vor Altweiberfastnacht. Ich stehe an Gleis 3 im Koblenzer Hauptbahnhof, warte auf den ICE nach Köln. Um 14.13 Uhr sollte er abfahren. Auf der Infotafel erscheint in Laufschrift: „Fährt heute etwa 30 Minuten später. Grund ist eine Reparatur an der Weiche." Es war das bei einer Fahrt mit der deutschen Bahn Übliche. Man hatte dankbar zu sein, wenn der Zug überhaupt kam. Ein afghanisches Pferdefuhrwerk war zuverlässiger. Den Anschluss in Köln würde ich also verpassen. Macht nichts. Dann gehst du im Bahnhof ins `Segafredo´, trinkst einen Kaffee und wartest auf den nächsten Zug. Der sollte mich nach Mönchengladbach bringen. Von dort ging es weiter nach Venlo. Von dort dann zum Amsterdamer Flughafen Schiphol. Die Nacht würde ich in einem Hotel am Flughafen verbringen und am Donnerstagmorgen ging der Flieger nach Cartagena, Kolumbien. Endlich weg von Wetter, Krisen und nur noch schlechten Nachrichten, die ich mir seit einiger Zeit schon gar nicht mehr anhörte beziehungsweise ansah. Salopp gesagt hatte ich die Schnauze einfach voll, drohte in eine Depression zu rutschen, hatte aber gerade noch die Kraft das Ticket zu buchen und mir in Cartagena ein Hotelzimmer zu reservieren. Mit Sonne und Wärme - Cartagena liegt an der kolumbianischen Karibikküste - wollte ich mich erholen von der deutschen Tristesse. Und sollte es das Schicksal mir vergönnen, eine rassige Kolumbianerin kennenzulernen, wäre ich herzlich froh. Aber um ehrlich zu sein, das ist sehr unwahrscheinlich. Ich meine, in meinem Alter überhaupt noch ein Weib kennenzulernen. Immerhin bin ich schon 68, seit drei Jahren pensionierter Standesbeamter, der sein Berufsleben im Koblenzer Rathaus verbracht und bislang wenig von der Welt gesehen hat. All die Eheschließungen, die ich beurkundet habe, führten nicht dazu, dass ich selbst den Sprung in solch ein Bündnis gewagt hätte. Außer ein paar Affären ist mir in dieser Hinsicht nichts gelungen. Hier möchte ich nebenbei erwähnen, dass ein Standesbeamter es nicht nur mit der rechtlichen Verbindung von Verliebten zu tun, sondern auch die Todesfälle zu beurkunden hat. Mein Beruf, wenn wir schon mal bei dem Thema sind, wird auf die Dauer natürlich langweilig durch Routine. Die aber habe ich mir etwas spannender gemacht, indem ich ein eigenes Unternehmen gegründet habe. Ich nannte es „Freie Trauung – persönlich", beschrieb alles auf einer eigenen Website, bot mich als Trauredner an, der das sonst so unpersönliche Procedere in einem intimeren Rahmen nachholte. Ich besuchte vorab meine Klienten, fragte sie zum Beispiel: „Wie habt ihr euch kennengelernt? Gibt es Höhen und Tiefen, die ich erwähnen darf?" Und so weiter. Aus diesen Angaben habe ich eine persönliche Rede machen können, was im Koblenzer Rathaus unmöglich gewesen wäre. Zu meinem Erstaunen lief das Unternehmen recht gut. Schon bald hatte ich eine hohe Nachfrage. Da war zum Beispiel die Arztwitwe, die sich in einen Hartz-IV-Empfänger verliebt hatte, aber nicht heiraten konnte, weil sie dann ihre Witwenrente verloren hätte. Aber auf die Zeremonie wollte sie nicht verzichten. Oder andere wollten nach zwanzig oder dreißig Jahren ihre Ehe noch einmal mit einer Feier im Freundeskreis bekräftigen.

Aus Dankbarkeit, dass es gutgegangen war. Wieder andere wünschten nach dem Akt im Rathaus eine romantische Feier an einem besonderen Ort, den sie dafür ausgesucht hatten. Da wurde die Zeremonie noch einmal wiederholt. Und dann gab es auch die, die das Rechtsverbindliche scheuten, aber ein Zeichen der besonderen Zugehörigkeit wünschten. Rechtlich ist das gleichzusetzen mit einer Verlobung, aber es ist eben mit der Zeremonie und der persönlichen Rede doch etwas Besonderes. Ob meine Tätigkeit neben dem offiziell Beruflichen erlaubt war, weiß ich nicht. Ich habe es nicht an die große Glocke gehängt und bin unbehelligt davongekommen. Auch gegenüber dem Finanzamt. Mein Konto füllte sich. Ich kannte keine finanzielle Not. Nach meiner Pensionierung arbeitete ich fleißig weiter und vermied damit das Vakuum, in das man leicht im sogenannten Ruhestand fällt. Ich hatte immer genug zu tun, lernte neue Leute kennen, neue Liebesgeschichten, hatte freies Trinken und Essen und ein zufriedenstellendes Honorar. Und ab und zu hat mich auch eine Dame aus dem Feierkreis ins Hotelzimmer begleitet. Wie gesagt, mein Unternehmen lief gut, läuft gut. Ich habe derzeit zwei Mitarbeiter. Einen Herrn für das Normale und eine Dame, die für die lesbischen Zeremonien zuständig ist. Ich muss nicht unbedingt vor Ort sein. Der telefonische Kontakt und der per Email reicht. Ärgerlich nur, dass ich jetzt hier auf dem Bahnsteig stehe, friere und warte. Mit meinem Roll-köfferchen in der rechten Hand und der Tasche mit dem Notebook in der linken entferne ich mich jetzt etwas von den Videokameras und zünde mir am Ende des Bahnsteigs eine Zigarette an. Das Rauchen ist mein alternatives Laster zur Ehe. Ich heiße übrigens Paul Wagner, bin Einmeterachtzig groß, auf meinem Kopf finden Sie kein einziges Haar, ansonsten ist alles ziemlich normal. Ich würde mich als vollschlank bezeichnen mit einer leichten Tendenz zur atlethischen Figur. Kleidungsmäßig eher unkonventionell. Ich liebe bunte Marokkohemden und türkische Flatterhosen. Meine bevorzugte Schuhfarbe ist wie beim Papst Rot. Tattoos und auffälligen Schmuck habe ich nicht. Ich wüsste auch nicht, was ich mir unter Schmerzen in die Haut eingravieren lassen sollte. Nach dem Rauchen der Zigarette schlender ich wieder zurück, warte weiter geduldig auf den ICE nach Köln. Von dem Unheil, das mich erwarten wird, ahne ich da noch nichts. Es geht mir also relativ gut. In Gedanken bin ich schon in Cartagena und genieße am Strand ein kühles Bier. Und schaue mir die Frauen an, bei denen der Bikini kaum zu entdecken ist.

2

Köln hatte ich lange nicht mehr gesehen. So gut vierzig Jahre oder noch mehr. Aber ich war dort zur Schule gegangen, Friedrich-Wilhelm-Gymnasium im Severinsviertel. Genau gegenüber ist das Archiv zusammengekracht. An die Schule habe ich gute Erinnerungen. Sie war freiheitlich-liberal, die Lehrer noch Originale. Besuchte man den Direktor in seinem Büro, musste man ihn durch eine Qualmwolke suchen, weil er ununterbrochen Zigarren rauchte. An der Universität zu Köln habe ich dann Verwaltungsinspektor studiert, viele Nächte aber im Friesenviertel verbracht, in irgendeiner Kneipe, wo draußen die Zuhälter mit dem Taschentuch ihre

Limousinen putzten und aufpassten, ob die Mädchen auch ordentlich arbeiteten. Dem Dummse Tünn und Schäfers Nas bin ich nie begegnet, hab aber später in Koblenz immer die Online-Ausgabe des Kölner Express gelesen, wo die ganzen Geschichten von denen drinstanden. Da ging es zum Beispiel um die Ringschlacht. Schäfers Nas hatte den Dummse Tünn bei einer Schlägerei in den Rinnstein geschickt. Und der Tünn hatte sich rausgeredet: „Ich war stänevoll." Natürlich habe ich auch den Film gesehen `Heißes Pflaster Köln´. Ach ja, und beim Fußball bin ich immer gewesen, beim FC und der Fortuna. Und manchmal hab ich mir im Stadtwald auch die Gebäudereiniger angeguckt mit dem Manglitz im Tor. Auch Hallenturniere des FC Johnny, einer Kölner Zuhälter-Mannschaft, habe ich mir nicht entgehen lassen. Heute würde das Chicago am Rhein der 1980er Jahre nicht mehr dasselbe sein. Vierzig Jahre sind eine lange Zeit. Jetzt, wenn der ICE endlich kommt, würde ich mich nur im Hauptbahnhof aufhalten und auf den Anschluss nach Mönchengladbach warten. Eine Stunde noch oder so ähnlich, dann würde ich die Domstadt wiedersehen. Ach ja, man glaube bitte nicht, dass es dieses Unterwelt-Milieu nur in Köln gibt. In Koblenz hab ich die auch kennengelernt. Aber bei mir im Trauzimmer waren die Jungs immer ganz nett. Gut erinnere ich mich an Müllers Max, auch Konsul genannt, weil er sich im karibischen Curracao den Titel gekauft hatte. Den Konsul habe ich fünfmal verheiratet. Jedesmal hat er gesagt: „Jetzt hält`s!" Ich habe dazu geschwiegen, weil die Braut mit anwesend war, konnte mir aber beim Abschied ein höfliches „Auf Wiedersehen!" nicht verkneifen.

Wenn die Ankündigung der Laufschrift stimmt, müsste der Zug in fünfzehn Minuten eintreffen. Ich stehe jetzt da, wo ich den Einstieg vermute, habe den Rollkoffer neben mir und die Tasche mit dem Laptop in der Hand. Um Morgen beim Check-In nach Cartagena alles direkt parat zu haben, sind Reisepass und Flugticket in einem mit Reisverschluss gesicherten Nebenfach. Das Online-Ticket für den Zug und den Fahrplan mit den Umsteigestationen, den Zeiten und den Gleisen habe ich griffbereit in der Innentasche meiner Lederjacke. Und siehe da: Mit fünfzig Minuten Verspätung trifft der ICE endlich ein. Die Weiche ist repariert. Ich steige ein. Die Fahrt den Rhein entlang nach Köln beginnt.

3

Die Heimat ist schön. Vor allem der Mittelrhein zwischen Bonn und Bingen. Eine Gegend voller Sagen, Legenden und Mythen. Ein Raum von Heiligen und Sündern. Rolandsbogen, Drachenfels und Loreley. Nonnenwerth rauscht vorbei, die langgestreckte Insel im Rhein. Hier hatte Franz Liszt seine heimlichen Treffen mit der schönen Gräfin Marie d´Agoult. Eine Liebesgeschichte des 19. Jahrhunderts. Ich sitze am Fenster und schaue auf den bewegten Raum. Wie doch die Zeit vergeht und als Erinnerung verbleibt! Gegenüber Königswinter und Drachenfels hatte ich meine Kindheit bei den Großeltern verbracht. Die Bilder werden wach. Der zweistöckige Garten mit seinen Lauben und Obstbäumen. Der Großvater, der immer um Fünf am frühen Morgen aufstand, Feuer im Herd machte und die leckersten Bratkartoffeln der Welt zubereitete. Um Acht nahm er den kleinen

Paul an die Hand, in der anderen hielt er die Milchkanne und dann wanderten wir zu einem Bauer, wo er sich die Kanne füllen ließ. Sein Hobby war die Astronomie. Oben auf dem Speicher der Villa war eine kleine Sternwarte, wo er mir die Formationen des Firmaments zeigte. Den Großen Wagen zum Beispiel und den Polarstern in der siebenfachen Verlängerung der hinteren Achse. Die Großmutter war eine sanfte, stille, fromme Frau, die jeden Morgen um Sieben in die Messe ging. Ich erinnere mich noch gut an ihre Kräutersammlung auf der Terrasse. Mindestens dreißig Kräutertöpfe waren dort versammelt. Basilikum, Salbei, Melisse und viele, viele andere. Am Nachmittag schrieb der Großvater Briefe, tauchte die Feder noch in ein Tintenfass, löschte die Tinte, faltete den Bogen, schob ihn in einen Umschlag, zündete eine Kerze an, machte in einem goldfarbenen Messinglöffel rotes Wachs flüssig, ließ es hinten auf das Kuvert tropfen, versiegelte den Brief mit dem Stempel seiner Initialen. Schöne analoge Zeit! Jetzt ist die Kommunikation schneller geworden, aber auch flacher in einer sich zunehmend digitalisierenden Welt. Ich frage mich, ob durch die Digitalisierung die Menschen glücklicher geworden sind, durch diesen sich selbst preisenden Fortschritt, der einem aufgezwungen wird, aber das Leben keineswegs erleichtert, sondern es der Entpersönlichung zutreibt und durch Angriffe, die das System lahmlegen, sehr verwundbar ist. Auf meinem Schoß halte ich die Tasche mit dem Notebook, dem Fluch und Segen der Digitalität. Digital gehen Emails bltzschnell hin und her. Da braucht man für die Post keine Kutsche mehr von Turn und Taxis. Aber der Computer ist auch gefährlich. Man muss nicht nur den eigenen Körper vor Viren schützen, sondern auch dieses diabolische Gerät. Und an das Märchen vom Datenschutz glaube ich schon lange nicht mehr. Microsoft wandert nach Belieben in dem Gehäuse herum, egal ob es ausgeschaltet ist oder nicht. Die missliche Seite der Digitalität habe ich gerade erst vor ein paar Wochen erfahren. Da wollte ich mir von der Behörde einen internationalen Führerschein ausstellen lassen. Aber es ging nicht, weil Hacker das System ausmanövriert hatten. Bei mindestens 72 Kommunen in Nordrhein-Westfalen und Rheinland-Pfalz. Alle

Ämter waren davon betroffen. Man konnte sich keinen Pass oder Personalausweis ausstellen lassen, kein Auto mehr anmelden, nicht mehr heiraten, erhielt vorübergehend keine Sozialbezüge mehr. Ein verstecktes Elend, von dem man in den Nachrichten des Fernsehens nichts erfuhr. Die hielten sich lieber in der Ukraine und im Gazastreifen auf. Wahrscheinlich wollten sie den deutschen Bürger nicht noch mehr ängstigen. Das Maß war sowieso schon voll. Mit Bedenken würde ich auch in den Flieger steigen. Die Fälle häuften sich, dass Hacker das GPS lahmlegten und die Piloten nicht mehr wussten, wo sie waren. Auch mit den Autopiloten von Tesla war das im Straßenverkehr schon passiert. Auch das wurde in den Nachrichten verschwiegen. Nur der Hamburger Chaos Computer Club brachte es in die Öffentlichkeit. Schöne neue Welt! Huxley und Orwell waren nähergerückt.

4

Dass ich nach Cartagena fliege, das ist nicht nur die Sehnsucht nach Sonne und

Wärme. Auch nicht nur die Flucht vor deutschen Krisen. Da steckt noch etwas anderes dahinter. Der ICE rauscht jetzt an Brühl vorbei und am Eifeltor. Ich muss etwas weiter ausholen, wieder eintauchen in die Vergangenheit mit dem Großvater. Der hatte mir, da war ich acht Jahre alt, das Schachspielen beigebracht. Aber nach zwei Wochen hat er gesagt: „Mit dir spiele ich nicht mehr." Er verlor nicht gerne. Ich versteifte mich schon damals, mit Weiß spielend, bei der Eröffnung auf den Classico Italiano, egal, ob der Gegner mit einem Gambit oder Cara Cann kam. Auch hütete ich mich, die Dame frühzeitig spazieren zu führen, damit sie nicht einer Gabelung oder anderen Kombinationen zum Opfer fiel. Der Großvater allerdings brachte seine Dame, um ihre Macht zu demonstrieren und Drohungen aufzubauen, immer recht schnell ins Spiel, woraufhin ihm diese neben dem König wichtigste Figur oft verloren ging. Dem Schach bin ich treu geblieben, bin sogar im Koblenzer Schachverein „Rochade Metternich". Allerdings mache ich ungern die Ligaspiele. Es liegt mir nicht, die unerbittlich tickende Uhr im Auge zu behalten und die eigenen und die Züge des Gegners zu notieren. Ich habe es lieber gemütlich mit einem Gläschen Cognac neben dem Brett und einem Aschenbecher. Um möglichst oft spielen zu können, nutze ich das Internet, bin zahlendes Mitglied bei Chess.com. Und die bieten einem die Gelegenheit, global online zu spielen, nicht nur gegen einen Bot, einen Computer. Da gibt es die Rubrik „Soziales". Man kann sich Partner aus aller Welt aussuchen. Meistens sind es Männer. Schach ist offensichtlich eine männliche Domäne. Da hilft auch kein Gendern und keine Frauenquote. Es ist einfach so. Auf fünfzig Männer kommt statistisch eine Frau. Ich habe online nur gegen Frauen gespielt. Zuletzt gegen Monica aus Cartagena. Mit Monica habe ich hunderte von Partien gespielt. Insgesamt, genau gezählt habe ich es nicht, kam es auf ein Unentschieden hinaus. Wir wurden also online miteinander vertraut und bald kam der Austausch von Emails und Fotos. Ich sah, dass sie eine rassige Kolumbianerin war mit einem indigenen Einschlag vom Rio Magdalena. Der erste Grad einer leichten Verliebtheit zeigte sich bei mir. Bedenklich allerdings war der Altersunterschied. Sie war 36 Jahre jünger. „Das macht doch nichts", hatte sie mich getröstet. „Darauf kommt es doch gar nicht an. Du siehst doch auch noch passabel aus." Dass sie das geschrieben hatte, war ein Kompliment, das nicht stimmte. Schaue ich morgens in den Spiegel, blickt mir ein zerknautschtes Gesicht entgegen, das in etwa dem Pathologen aus dem Kölner Tatort ähnelt. Das Leben hinterlässt eben Spuren, und ich war nie besonders gesundheitsbewusst gewesen. Die Zigarette morgens zum Kaffee, auch Kölner Zuhälterfrühstück genannt, war mir als Einstieg in den Tag unverzichtbar. Die Kommunikation mit Monica war per Email oder WhatsApp einfach. Da konnte ich, da ich kein Spanisch sprach und sie kein Deutsch oder Englisch, die Übersetzungshilfe von Google nehmen. Schriftlich klappt das alles wunderbar. Sekundenschnell ist das Spanische im Deutschen und umgekehrt. Aber was war, wenn man sich leibhaftig traf? Als Hilfsmittel habe ich mir ein kleines Maschinchen besorgt in Handygröße, einen sogenannten Translator. Den stellt man ein auf Deutsch-Spanisch, drückt das obere Knöpfchen, spricht. Die Schrift erscheint und dann wird es auch gesprochen. Ich sage: „Ich freue mich sehr, dich zu sehen." Dann kommt auf dem Display: „Estoy muy feliz de verte." Und kurz darauf wird es perfekt auf Spanisch ausgesprochen. Danach drückt man das untere Knöpfchen, hält den Apparat der Partnerin entgegen und jetzt geht es umgekehrt. Vom Spanischen ins Deutsche. Es ist eine etwas behinderte und verzögerte Kommunikation. Es ist sozusagen ein sprachlicher Rollator. Zwar habe ich auch versucht, mir mit Hilfe eines Lehrbuchs und CD`s die Vokabeln beizubringen, musste allerdings merken, dass ich im Alter etwas tüttelig und vergesslich geworden war. Es ging nicht. So etwas hätte ich viel früher machen müssen. Aber da wusste ich noch nicht, dass ich im gediegenen Alter nach Kolumbien fliegen würde. Monica wollte mich am Donnerstagabend am Internationalen Flughafen von Cartagena abholen.

5

Mit etwas langsamerer Fahrt passiert der ICE den Bahnhof Köln-Süd. Ich bereite mich auf den Ausstieg vor. Von 8624

Kilometern Luftlinie Koblenz-Cartagena sind jetzt 80 zurückgelegt. Ob ich nach über dreißig Jahren endlich wieder kölsche Töne hören werde? Im Bahnhof wohl kaum. Da müsste ich schon das Hänneschentheater besuchen oder eine der Szenekneipen im Friesenviertel, falls es die noch gibt. Wir selber, meine Kommilitonen und ich, hatten damals Hochdeutsch mit kölschem Einschlag gesprochen, wie es wohl auch die meisten Kölner tun. Vielleicht auch mit der grammatischen Attitüde möglichst wenige Hauptwörter zu benutzen und den Verben den Vorzug zu geben. Richtiges Kölsch kann man auf der „Akademie för uns kölsche Sproch" liere. ˋEinfach ene Kurs erussöke und dann op den Knopp „Anmeldung" klicke.´ Während der Dienstjahre in Koblenz hatte sich mein Kölsch verflüchtigt, verstehen würde ich aber noch alles. Selbst im Hänneschentheater die Episoden mit Tünnes und Schäl. Endlich ist der Zug da. Ich steige aus, schiebe mich durch das Gedränge auf dem Bahnsteig zum Aufzug. Rechts den Rollkoffer ziehend, links die Tasche mit dem Notebook. Die Fahrt geht eine Etage nach unten in die Bahnhofshalle. Der Anschlusszug nach

22

Mönchengladbach ist weg. Ich habe eine Stunde Zeit bis zum nächsten. Ich suche unten im Bahnhof das Café `Segafredo´ auf, stelle den Rollkoffer neben einen Tisch an der Theke, lege die Tasche mit dem Notebook auf den Tisch, wende mich für ein paar Sekunden der Bedienung zu, will mir einen Kaffee bestellen. Da legt mir jemand die Hand auf die Schulter. Ich drehe mich um. Es ist eine junge Frau. „Haste mal en Euro für mich?" Ich krame in der Jackentasche. Da sind immer ein paar Münzen drin, gebe ihr den Euro, bestelle mir dann den Kaffee. Als ich mich wieder zu dem Tisch wende, sehe ich, dass die Tasche mit dem Notebook verschwunden ist. Auch die junge Frau ist verschwunden. Zuerst will ich es nicht glauben. Das kann doch nicht sein. Aber es ist so. Die Tasche ist weg. Das mit dem Euro war ein Ablenkungsmanöver. Sie wird einen Komplizen gehabt haben, der in Sekundenschnelle die Tasche an sich genommen hat. Mein Herz schlägt schneller, mir wird schwindelig. In der Tasche waren ja auch das Ticket und der Reisepass. Das mit dem Ticket ist nicht so schlimm. Die Daten sind auch im Computer in Amsterdam. Aber ohne

Reisepass nach Kolumbien? Geht nicht. Den Rollkoffer ziehend und den Becher mit Kaffee in der anderen Hand verlasse ich den Bahnhof durch einen Nebenausgang an der Domseite, stelle den Koffer ab, zünde mir eine Zigarette an. Siedendheiß schießt es mir durch den Kopf, dass ich in meiner Sorglosigkeit das Notebook nicht mit einem Passwort geschützt hatte. Einfach, um es immer sofort hochfahren zu können. Alle persönlichen Daten waren darin, alle Kennwörter gespeichert. Für das Login bei den Emails, für die Firmen-Website ´Freie Trauungen,` und beim Online-Banking hatte ich das Login auf Geräteerkennung gestellt, um das Push-TAN-Verfahren zu umgehen. Auch gab es bei den Dateien gescannte Fotos von Personalausweis und Reisepass. Aber den Pass hatten die Diebe ja sowieso. Alle Möglichkeiten eines Missbrauchs schossen mir durch den Kopf. Da konnte sich jemand meine Identität zulegen, bei Amazon einkaufen, sich vielleicht in das Online-Banking einschalten. Oder Islamisten konnten es unter meinem Namen zur Kommunikation benutzen. Dann würde ich bald den Staatsschutz in der Bude haben. Und ehe ich denen beteuert hätte, ich hab nichts damit zu tun, würde ich schon am Boden liegen. Bei Facebook hatte ich mich nie abgemeldet. Wer jetzt mein Notebook hatte, konnte dort sofort loslegen. Ebenso bei den Emails. Und dann die ganze Firmenkorrespondenz für die freie Trauung! Bei der Bank anrufen und sie bitten, die Geräteerkennung abzuschalten, war sinnlos. Das konnte man nur mit einem eigenen Computer oder einem Smartphone. Außerdem hatten die in der Bank wahrscheinlich schon Feierabend. Wenn nicht, hing man zunächst lange in der Warteschleife und hörte Musik. Dieses Spiel konnte eine halbe Stunde dauern. Das Konto sperren zu lassen, dazu war es zu früh. Ich musste es erst selbst leerräumen, damit ich genug analoges Geld, sprich Cash, hatte. Mit zitternder Hand drückte ich die Zigarette aus, ging zurück in den Bahnhof zum Geldautomaten, hob mit der Bankkarte und dann mit Visa- und Mastercard die Höchstbeträge ab. Und Monica fiel mir ein. Was schreibe ich der bloß? Zurück nach Koblenz? Peinlich, wenn ich da wieder auftauchte, nachdem ich mich bei den Hausbewohnern feierlich verabschiedet hatte. Und jetzt sollte ich Trottel zurückkommen, weil ich mir Notebook und Reisepass klauen ließ? Ich war erschrocken über meine eigene Dummheit, über diese Unachtsamkeit, da ich wohl glaubte, in der Welt gebe es nur gute, ehrliche Menschen. Ich hätte wissen müssen, dass man gerade im Kölner Hauptbahnhof und auf der Domplatte aufpassen muss. Da lässt man nicht eine Notebooktasche für einen Moment unbeaufsichtigt auf einem Tisch liegen. Wenn ich Glück hatte, waren die Frau und ihr Komplize Drogensüchtige, die das Gerät direkt ins Pfandhaus brachten. Die Vorstellung, es in wirklich ver-brecherischen Händen zu wissen, peinigte mich. Hatte es doch gerade kurz vor Weihnachten eine islamistische Drohung gegen den Dom gegeben. Ich war deprimiert, schockiert, die Gefühle total durcheinander. Statt Karibik weiter deutscher Regen. Einen Ersatzpass würde ich so schnell nicht bekommen. Die Koblenzer Behörde war lahmgelegt durch einen Hackerangriff. Mit dem Bargeld, das ich vorher schon hatte, und mit dem neu gezogenen kam ich auf dreitausend Euro, sagte mir, damit kommst du erst einmal ein paar Tage durch und jetzt brauchst du ein Bier und einen Schnaps und dann das Gedeck noch einmal.

6

Da, wo der Nebenausgang ist, an der Domseite des Bahnhofs, hatte ich eine kleine Kneipe gesehen. In grüner Leuchtschrift stand über der Eingangstür „Im stillen Winkel" und darunter „Reissdorf Kölsch". Und am Fenster klebte ein Plakat „Keine Politik, keine Religion". Ich zog den Rolli hinter mir her, drückte die Tür auf, trat ein. Es war wirklich eine kleine, gemütliche Kneipe, und sie war fast leer. Da spielte nur ein Mann an einem Automaten und hinter der Theke stand eine etwas ältere, vollschlanke Frau und spülte gerade Gläser. Ich stellte den Rolli ab, schob mich auf einen Hocker an der Theke, um möglichst nahe am Zapfhahn zu sein. Die Wirtin hatte mich neugierig beobachtet, kam jetzt. Sie erkannte sofort, dass ich Durst hatte und fragte: „Wat möch d'r Här drinke?" Ich sah in ein freundliches, rundes Gesicht, von kurzem, blonden Haar umrahmt, sagte aber erst einmal mit einer Miene, in der das Elend der Welt stand: „Meine Identität ist weg!"

„Wie, ding Identität es wäch? Du bis doch he. Wie jeht dat dann?"

Ich erzählte, was im `Segafredo´ vorgefallen war und schloss mit dem Satz: „Notebook weg, alle persönlichen Daten, auch der Reisepass, den ich Idiot in der Notebooktasche hatte, und im Notebook ist auch die gesamte Firmenkorrespondenz. Und der Flieger ist auch weg."

„E Firma? Wat machst de dann?"

„Freie Trauungen."

„Wat is dat dann?"

„Na ja, wenn jemand unbürokratisch heiraten will und eine persönliche Zeremonie und Traurede möchte. Also, da gibt es zum Beispiel ältere Ehepaare, bei denen es gutgegangen ist und die wollen das dann noch einmal zeremoniell bekräftigen. Auf dem Standesamt geht das nicht. In der Kirche ist es ihnen zu feierlich. Die machen das im Freundes- und Familienkreis."

„Un wie läuf dat Geschäft?"

„Wunderbar. Kann mich nicht beklagen."

„Wo wolltest de eigentlich hin? D'r Flieger es wäch, has de jesaat."

„Nach Kolumbien, an die Karibik. Ich werde dort am Flughafen auch erwartet. Von einer Kolumbianerin."

„Och nä. Esch verstonn. Ävver has de dir ens überlegt, dat et leckere Kölsche Mädche jit? Wo bes de eigentlich her?"

„Aus Koblenz. Da hab ich im Standesamt gearbeitet."

„Un selvs? Bes de verhierod or has de e Fründin?"

„Nee, bin solo."

„Jung, de muss unger der Fittiche. A strammes Kölsche Mädche dät dir jood. De sühst ija us wie a Hund, d'r drei Dage em Rähn jeläje hät. Jetz bekommst de vun mir eesch enmool en Kölsch unne Schnaps."

7

Nach dem zweiten Gedeck fand ich mich so langsam mit dem Verlust ab. Die Realität ist unerbittlich. „Et es wie et es!" sagt der Kölner. Sieh der Tatsache ins Auge! Die Wirtin hatte aufgehört Gläser zu spülen, stand neben dem Zapfhahn und rauchte. „Darf man hier?" fragte ich. „Klor, m'r han he e Sondergenehmigung. Nor esse kanns de he nix." Sie kam jetzt mit einem Aschenbecher zu mir. „Hör ens, Jung. De fährst hück net noh Koblenz zoröck. De gehst ins Hotel un küss morjefrüh widder. Öm elf Ohr elf or och vürher. Do han m'r Wieverfastelovend. Do kütt auch dat Mändy, ming Fründin. Die jeht zwar allt op der sibbenzich zo. Ävver do funktioniert noch allet."

„Mandy mit ä oder a?" frage ich. „Geschrieben met a", antwortet sie. „Ävver jesproche ä. Kütt von Amanda, wor früher ne beliebte Name."

„Ach ja", sage ich. „Ist ja ein wirklich schöner Name." Von meinem Schullatein her wusste ich, dass es die zu Liebende bedeutet.

„Dat Mändy kütt morje. Verleech es dat wat för dich. Deren Kääl es für enem Johr jestorve, ävver die sucht allt widder. Die well met däm Auto noh Spanien, ävver allein traut se sich net. Un die weß och nit, ob links oder rechts erüm."

„Wie?" frage ich. „Was heißt das? Links oder rechts herum?"

„Och ija, links an de Pyrrenäen vorbei oder rechts."

„Verstehe!" Ich nickte. „Östlich oder westlich. Östlich auf Barcelona zu, westlich durchs Baskenland. Mittendurch nach Andorra geht im Winter ja nicht."

„Saach däm Mandy morje blus net, dat isch dir dat verzällt han."

„Nein, nein, ich weiß von nichts."

„Esu Jung, jetz kriegst de vun mr noch a Gedeck un esch buch a Hotel för dich. Morje fröh küss de fit hehin."

„Ja, mach ich so", antwortete ich. „Nach Koblenz will ich heute nicht zurück. Und wenn dat Mandy in Ordnung ist, fahr ich mit dem nach Spanien. Cartagena gibt es auch da."

„Langsam, langsam", sagte sie. „M'r wesse ija noch net, ov du dem Mändy och gefällst. Jetz bes de noch durchenander. Ävver Morje sieht de Welt anders us."

„Ja", stimmte ich ihr zu. „Ich brauch endlich wieder en Weib an meiner Seite. Solo ist Scheiße. Dat is nix."

Die Wirtin entfernte sich, ging zu ihrem Handy, das irgendwo hinter der Theke lag. Sie telefonierte. „Hör ens, Theo, haste noch e Zimmer frei?"

„Ja jut" hörte ich sie sagen. „Dann wendete sie sich mir zu. „Wie heißte eigentlich?"

„Paul Wagner."

„Es för en Herrn Wagner. Ävver dun däm och Rabatt. D'r es hück em Bahnhof beklaut worde."

Nach dem Gespräch kam sie wieder zu mir. „Jung, jeht in Ordnung. De häs a Zimmer he em Ibis am Hauptbahnhof. Do bruchs de kei Taxi. Achtzig Euro statt hundert. Es dat in Ordnung?"

„Ja", sagte ich. „Das ist sehr gut. Die paar Meter gehe ich zu Fuß. Dann zahle ich auch jetzt. Was bin ich schuldig?"

„Nix. Ävver Morje. Dat Mändy trinkt Prosecco. Ävver stell dir dat net ze enfach für. Dat Mändy es e bekannte Malerin. Un astrologische Beratungen maach dat och."

„Ach ja. Und hat die mal richtig gearbeitet?"

„Ija, bevör dat jehierot hätt. Do wor dat Heilpraktikerin. Ävver Jung, erzäll net, dat esch dir dat all allt jesaat han."

8

„Nein", versicherte ich ihr, „ich weiß von nichts."

„Saach ens, Jung, wie ahl es dat Wiev en Kolumbien?"

„32."

„Un du?"

„68."

„Du bes doch bekloppt. Wat wells de met esu enem junge Hüpfer? Dat jit doch nor Stress. Die nimp dich us wie e Weihnachtsjans. Un am Eng häste net nor d'r Laptop verlore, sondern och dat janze Jeld."

„Der Heesters hat den Altersunterschied doch auch geschafft", wende ich ein.

„De bes ävver net d'r Heesters. D'r Heesters wor berühmt."

„Das weiß die doch nicht, dass ich nicht berühmt bin", versuche ich einen letzten schwachen Einwand.

„Doch, dat weß die. Hier kennt dich keener un en Kolumbien suwiesu net. Bei d'r bes de sulang berühmt wie de Jeld ausgibst. Has de nix mieh, bes de och net mieh berühmt."

„Mag sein", gab ich schließlich nach. „So richtig kenn ich die ja auch nicht. War bisher alles nur online."

Die Wirtin nickte. „D'r Jung weed vernünftig. Jetz kriegst de noch a Kölsch. Un dann af ins Ibis. Un Morje bes de widder he."

Eine Viertelstunde später machte ich mich auf den kurzen Weg zum Ibis. Den Rolli zog ich mit der rechten Hand hinter mir her. Dass die linke frei war und keine Notebooktasche mehr trug, hatte ich trotz der Gedecke noch nicht verwunden. Der Schock saß noch tief und da half auch kein Kölner Grundgesetz mit seinem humorvollen Realismus oder auch seinem fatalistischen Anflug. Et es wie et es. Geht dem Kölner etwas daneben, setzt er sich eben lieber an die Theke, statt sich zu wünschen, dass es ungeschehen sei. Ich checkte an der Rezeption ein, bekam ein kleines Zimmer mit Aussicht auf den Dom, hatte jetzt auch das Kennwort für WLAN und konnte mein Smartphone einsetzen. Es gelang mir trotz Kölsch und Schnaps die Geräteerkennung beim Online-Banking auszuschalten, was mich etwas beruhigte. Die Anzeige bei der Internetpolizei würde ich zu Hause in Koblenz machen. Mit dem Hinweis, dass ich einen Missbrauch unter meinem Namen nicht ausschließen könnte. Auch schickte ich an Monica eine WhatsApp, dass ich leider nicht kommen kann. Dass ich so blöd gewesen war, mir Notebook und Reisepass klauen zu lassen, sagte ich nicht. Ich gab an, mein Pass müsste erst verlängert werden. Sonst ließen die mich in Kolumbien nicht rein bzw. verweigern mir schon in Amsterdam den Check-In. Ich schrieb natürlich auf Spanisch, wobei mir mein Translator behilflich war. Danach stand ich noch eine Zeit lang am Fenster und sah auf den in der Dunkelheit angestrahlten Dom. Ich dachte an einen anderen Artikel des Kölner Grundgesetzes. „Et kütt wie et kütt." Drückte sich darin nicht ein frommes Gottvertrauen aus? Irgendeinen Sinn würde das schon haben, dass ich nun statt der kolumbianischen Karibik den Kölner Karneval erlebte.

9

Nach wilden, wirren Träumen wurde ich am Morgen wach, wunderte mich, woher die Ereignisse des Traums kamen. Da gab es Begegnungen, die es im wachen Leben nie gegeben hatte. Meistens verwischt sich das Geträumte beim Erwachen oder verschwindet ganz, taucht wieder ab ins Unbewusste. Aber an eine Traumszene dieser Nacht erinnerte ich mich genau, als ich wieder die Augen aufschlug. Ich schwamm in einem Pool, der von einer Mauer umgeben war. Plötzlich tauchte oben am Rand der Mauer ein Frauengesicht auf und rief mir zu: „Ich habe den Vogel gerettet!" Ich dachte nicht länger über das Absurde nach, sondern begab mich bald zum Frühstücksbuffet, um nach ein paar Tassen Kaffee wieder richtig bei Sinnen zu sein. Es war neun Uhr. Aus dem Bahnhof strömten grölende Horden, das Fläschchen Jägermeister oder den Feigling in der Hand. Sie wanderten dem Alter Markt zu, wo um 11 Uhr 11 der Karneval eröffnet werden sollte. Viele waren verkleidet oder hatten karnevalistische Attribute wie rote Pappnasen, Narrenkappen mit Glöckchen, Filzzylinder mit bunten Knöpfen bestickt, spitzkegelige bunte Hüte. Manche Frauen hatten sich vollständig verkleidet. Als Marienkäfer, Biene, Fledermaus, Polizistin, ägyptische Königin, Steinzeitfrau oder ganz in Schwarz mit roten Teufelshörnchen auf dem Kopf. Eine Indianerin oder Zigeunerin war nicht dabei. Das war wegen der Beleidigung indigener Volksstämme verboten. Eine typisch deutsche Regelung. Man durfte auch nicht mehr zu jemandem sagen: „Du

Affe!" Dann schaltete sich der Tierschutz ein. Hier muss ich gestehen, dass ich kein Karnevalstyp bin. Auch keine Rampensau. Ich liebe eher die Veranstaltungen im kleinen Kreis. Etwa im Trauzimmer oder als freier Trauredner. Aber auch hier können karnevalistische Dinge geschehen. Karnevalistisch ist vielleicht das falsche Wort. Man lacht erst später über das Ereignis. So erinnerte ich mich zum Beispiel an eine offizielle Koblenzer Trauung, wo kurz vor der endgültigen Verbindung der angehende Bräutigam einen hochroten Kopf bekam und mit den Worten „Ich nehm doch lieber die Gerti" aus dem Trauzimmer stürzte. Die kleine dort versammelte Gesellschaft war sekundenlang schockiert, schwieg, bevor es mit üblen Beschimpfungen weiterging. Ich hatte nur die Schulter gezuckt und ein hilfloses Gesicht gemacht. Was hätte ich sonst auch machen sollen!? Ich war ja nur der, der es gesetzlich beurkunden sollte. Die enttäuschte Braut zu trösten wäre albern gewesen. Etwa zu sagen: „Nehmen Sie es sich nicht zu Herzen. Kommen Sie nächste Woche mit einem anderen wieder."

Kurz vor Zehn checkte ich im Ibis aus und ging, den Rolli hinter mir herziehend, rüber zum `Stillen Winkel´. Dass die linke Hand, in der ich die Notebooktasche mit dem Reisepass getragen hatte, leer war, hatte ich immer noch nicht ganz verwunden. Ohne mich würde jetzt, ziemlich genau zu dieser Zeit, der Flieger nach Cartagena abheben.

Erleichtert stellte ich fest, dass die Horden, die aus dem Bahnhof strömten nicht an der kleinen Kneipe interessiert waren, sondern sich singend und grölend Richtung Alter Markt bewegten. Ich schob die Türe auf. Musik schlug mir entgegen. Ein Lied der Räuber. „Denn wenn et Trömmelche jeit."

An der Theke saßen nur zwei Männer im Rentenalter. Ohne Pappnase oder sonst etwas Karnevalistisches. Sie waren offensichtlich mehr an ihrem Bierglas interessiert. Die Wirtin, mit einer kleinen roten Melone auf dem Kopf, zapfte gerade neues Bier. „Hier bin ich wieder!" rief ich ihr entgegen.

10

Ich stellte den Rolli neben der Theke ab, schob mich auf einen Hocker. Die Wirtin bediente erst die beiden Rentner, kam dann zu mir.

„Na, Jung, wie es et hück?"

„Ja", sage ich, „etwas besser als gestern."

„Wat möchtest de dann drinke?"

„Erst mal einen Kaffee. Kölsch oder Prosecco kommt später." Ich konnte meine Neugierde nicht beherrschen und fragte: „Die Mandy kommt noch?"

Die Wirtin nickte. „Klor. Esch han gester Ovend noch met d'r gesprochen un vun dir verzallt."

„Sie war noch hier?"

„Nä. M'r wohnen em selben Huus am Ebertplatz. Ävver dat Mändy wunnt do eesch zick enem halben Johr. Vorher hatten die a Huus en Müngersdorf."

„Die?"

„Mändy un ehr Kääl. D'r Doktor Sandmann, Urologe. D'r Sandmann hatt sing Praxis en däm Huus am Ebertplatz. Un als d'r Sandmann für jood enem Johr jehimmelt es, hät Mandy dat Huus in Müngersdorf verkauft un hät sich de

Praxis eingerichtet. Minge Mann und esch wohnen em zweiten Stock. De Praxis es em eeste. Esu, Jung. Jetz kriegst de ävver eesch eenmol en Kaffee. Dann erzähle esch dir de Geschichte vun däm Sandmann."

Die Wirtin ging jetzt zu der Kaffeemaschine, machte sich dort zu schaffen, während ich überlegte, warum ich unbedingt Mandy kennenlernen sollte. Sie hatte mir von ihr erzählt und ihr von mir. Der Vermittlungsversuch war offensichtlich. War das weibliche Lust am Verkuppeln, besonders ausgeprägt bei einer Kölner Wirtin? Hatte sie vielleicht Mitleid mit mir und gedacht, wenn de Jung schon nicht nach Kolumbien kommt, dann doch wenigstens nach Spanien. Oder war Mandy finanziell knapp und die Wirtin hielt mich für reich, stellte sich vor, der Mann hat eine Pension und dazu noch eine gutgehende Firma? Oder wollte sie Mandy, die auf der Suche war, einfach nur helfen? Ich wusste es nicht.

Die Wirtin kam jetzt mit einer Tasse Kaffee, schob sie auf die Theke, fragte: „Milch, Zucker?"

„Zucker", antwortete ich. „Das Leben ist sauer genug."

Sie entfernte sich noch einmal, kehrte mit ein paar Zuckertüten zurück, begann auch gleich weiter zu erzählen. „Esu, d'r Sandmann wor ija Urologe. Irgendwann hät d'r et leid gehabt, em Arsch rumzufummeln un de Prostata ze befühle. Wor de Sprechzeit erüvver, es d'r noch en d'r Praxis jeblieve un hät dat met Whisky kompensiert. Off hät d'r do och geschlafen. Ävver eenmol es d'r stänhagelvoll met däm Auto noh Müngersdorf un hät de Stroßebahn üvversonn. Do wor et vorbei."

„Wie alt war der da?" wollte ich wissen.

„Esu wie du. 68."

„Er war älter als Mandy?"

„Zwei Johr. Jung, wann de wesse wells, wie ahl Mändy es, muß de net reche. Dat kann esch dir och direkt sagen. Dat Mändy es jetz 67 un es e jode Partie. Do muß de net noh Kolumbien."

„Vielleicht will sie lieber zum Alter Markt", meldete ich Zweifel an. „Als Kölnerin."

„Nä, Nä. Dat Mändy hät met Fastelovend wennich am Hoot. Dat es 1990 met singem Trabi vun Dresden jekumme."

„Schön", sagte ich. Denn nach einer ausgelassenen Karnevalsfeier war mir immer noch nicht zumute.

„Nä, Jung. Do muß de kein Bedenken han. Dat Mändy kütt emme öm elf. Dat hätt keen Lust, d'r Kaffee morjens alleine ze drinke."

„Seltsam", meinte ich, „dass es an Altweiberfastnacht hier so leer ist."

„Sühst de doch. Die laufe all zom Ahl Maat. Or jonn in et Severins- or Friesenveedel. Ävver wann die am Ovend zurückkommen, weed et he rappelvoll. Dann kütt och minge Mann un muß aachjevve un helfe."

Die Wirtin ging jetzt wieder zum Zapfhahn. Die Gläser der beiden Rentner waren leer. Ich sinnierte weiter über das Verkupplungsmotiv. Aber wie falsch meine Spekulationen waren, sollte ich erst in zehn Tagen wissen. Jetzt saß ich da und wartete auf Amanda. Neugierig war ich schon und dachte schließlich: „Et kütt wie et kütt."

11

Ab und zu öffnete sich die Tür der Kneipe. Eine rote Pappnase steckte den Kopf hinein, sah sich um, sagte enttäuscht „Hier ist ja nix los!" und verschwand wieder. Die Wirtin unterhielt sich eine Weile mit den beiden Rentnern, wobei die Unterhaltung recht einseitig war. Die Beiden nickten nur ab und zu, sahen lieber in die leerer werdenden Gläser und schienen Worte für eine kommunikative Vergeudung zu halten. Irgendwann hatte die Wirtin die Einseitigkeit satt und kam wieder zu mir. „Sagen Sie..." wollte ich eine Frage beginnen, aber sie unterbrach mich rasch. „M'r müsse m'r net siezen. Esch bin die Irmgard, Irmi."

„Gerne!" antwortete ich. „Ich wollte fragen: Was malt Mandy eigentlich?"

„Oh, dat es schwer ze sagen. Öl es et net, och kei Acryl or Aquarell. Dat maach wat met Kalk. Ävver am beste fragst de se selvs. Dat kann dat besser explizeere."

„Und wie ist sie so als Künstlerin? Ich meine menschlich. Manchmal sind die ja ein bisschen zickig oder werden zur Diva."

„Nä, dat Mändy net. Dat es op däm Teppich jeblieve. Dat hätt zwar och Ausstellungen em Ausland, en Frankreich un Polen, ävver dat maach nix. Dat trägt deswegn der Nas net huh. Dat Mändy hätt e paar neue Saache jemaach. Am nächste Samstag, noh Fastelovend, es he e

Ausstellung. Do kanns de och kumme. Ävver am beste lädt se dich selver ein."

„Und du hast gestern gesagt, sie sucht einen Mann."

„Jung, frooch net esu viel. Dat muß de all selver rausfinden."

Ich sah auf die Uhr. Es war Viertel vor elf. Neugierig war ich schon, wer da kommen würde, wenn sie denn wirklich kam. Alles zwischen Glück und Enttäuschung war möglich. Die Wirtin schien meine Gedanken zu erraten und sagte: „Ävver op jede Fall kanns de dich jood met dem unterhalten. Die es, wie saat mer, intellektuell gebildet. E Feministin es se net. Do muß de net oppasse, op jedes Wood achten. Die lacht och viel."

Wie tröstlich! dachte ich. Ich hatte auf diesem Gebiet schon einige Erfahrungen gesammelt. Da musste man beim Sprechen auf das Gendern achten. Da durfte kein Wort, kein Begriff patriarchalisch klingen. Verstöße brachten Verstimmungen, der Humor blieb auf der Strecke. Ein falsches Wort konnte eine ganze Nacht ruinieren. Statt sich im Bett liebzuhaben, war man bis zum Morgengrauen in eine Diskussion verwickelt. Bei solchen Frauen verhungerte man am verlängerten Arm.

„Jung, noch a Tipp. Och wann esch mi eigenes Geschäft schädige. Drink mäßig. Dat Mändy hät noch a Trauma vun däm Sandmann."

„Und das Rauchen?"

„Dat maach nix. Die raucht ja selver."

12

Es war ein paar Minuten vor Elf. Von den Bläck Fööss kam gerade „Drink noch ene met!" Da öffnete sich die Tür und dieses Mal schaute keine Pappnase herein und sagte: „Hier ist nichts los." Aber die Frau, die da erschien, würde leider nicht Mandy sein. Die Wirtin hatte das Alter mit 67 angegeben. Das Wesen, das jetzt mit einem Lächeln hereingesegelt kam, war jünger, sah zumindest jünger aus. Es gibt ja Frauen, die werden im Alter noch schöner, attraktiver. So wie eine Hibiskusblüte, die am Abend eines heißen Tages noch einmal ihre ganze Strahlkraft entfaltet. Sie war groß, schlank. Der Kölner würde denken, aber es nicht unbedingt sagen: „Mann, es dat ne jode Schuss!" Auf den blonden, lockigen Haaren, die bis auf die Schulter fielen, saß ein weißer

Panamahut. Über einer schwarzen Rüschenbluse mit tiefem Ausschnitt trug sie eine rote Lederjacke. Um die Hüften schmiegte sich ein knielanger moosgrüner Tüllrock, schwarze Leggins darunter. Die Füße steckten in roten Schnürboots. Die Dame wusste offensichtlich, wohin sie wollte. Sie steuerte zielsicher auf die Thekenecke zu, bedachte erst den Rolli mit einem kurzen Blick. Dann mich, wobei ich den Ausdruck schöner blauer Augen nicht deuten konnte. War es die Beiläufigkeit, mit der man an Fremden vorbeigeht, oder zeigte sich da nicht in den Augen ein leises Lächeln? Die Frau bog jetzt um die Thekenecke, ging auf die Wirtin zu, umarmte sie. Also doch Mandy? Die Beiden sprachen leise ein paar Sätze, dann kamen sie zu mir.

„Dat es d'r arme Käl, vun däm esch dir gester Ovend verzällt han", sagte die Wirtin. „Däm han se em Bahnhof Laptop un Reisepass geklaut. D'r wollt noh Kolumbien. Dat hier es Amanda, Mändy. Un dat is de Paul. De kütt us Koblenz. Dat Siezen könnt ehr üch schenke. Hück es Altweiberfastnacht. Jetz kritt ehr vun mr eesch eenmol en Prosecco."

Ich staunte über die unverblümte Vermittlung der Wirtin. Das ging Ruckzuck zum Ziel. Aber mir war es sehr recht. Mal sehen, was daraus werden würde. Amanda gefiel mir. Mit der nach Spanien? Direkt von der Theke weg!

Mandy bog jetzt wieder um die Thekenecke, andersrum, schob sich auf den freien Hocker neben mir. Ich schnupperte irgendein dezentes Parfüm. Konnte `La vie est belle´ sein.

„Tut mir leid", sagte sie. „Das mit dem Laptop und dem Reisepass. Aber dafür hast du jetzt den Kölner Karneval."

Ich nickte. „Ja, ist auch gut. Schicksal eben."

Die Wirtin kam jetzt mit zwei Gläsern Prosecco, schob sie vor uns auf die Theke. Wir stießen mit den Gläsern an. „Auf einen schönen Tag!" sagte Amanda und lächelte. „Auf einen schönen Tag!" wiederholte ich.

13

So lernte ich Amanda, Mandy kennen. Ich bezeichne es immer noch als das Wunder von Köln. Erst der Nackenschlag im Bahnhof, dann das Schweben in die verliebte Leichtigkeit des Seins. Zu Recht wird Amor mit Pfeil und Bogen dargestellt. Der Pfeil ist blitzschnell. So ähnlich wie der Kolibri, der schwirrend an der Stelle steht und dann plötzlich davonschießt. So muss es auch mit Mandy und mir gegangen sein. Es entscheidet sich in Sekundenschnelle, vielleicht sogar im Bruchteil einer Sekunde, ob man sich mag oder nicht. Es müssen nicht unbedingt lange Wege sein. Bis zum späten Nachmittag saßen wir zusammen, redeten. Eine merkwürdiger Kontrast waren die Karnevalslieder aus dem Radio. Aber die Wirtin hatte uns beobachtet und die Musik ein paar Töne leiser gestellt. Mandy erzählte zum Beispiel von ihrer Kunst. Nein, kein Öl, kein Acryl, kein Aquarell. Sie stellte in ihrem Atelier die großformatigen Leinwände selber her, spannte sie auf einen Holzrahmen und trug einen speziell abgelagerten römischen Kalk auf, den sie, solange er noch feucht war, mit Pigmenten färbte. War die Leinwand trocken, was ein paar Tage dauerte, wurde mit einem Kohlestift eine Gedichtstrophe aufgetragen. Eine neue Schicht Kalk kam darauf, wurde wieder eingefärbt, die Buchstaben verwischt, so dass man nur noch einzelne Worte entziffern konnte. Das Ganze wirkte dann wie eine Tafel mit Hieroglyphen, die ein Archäologe ausgegraben hatte. Ich gab zu, von Kunst eigentlich nichts zu verstehen. Ich sei kein Kunsttheoretiker, wüsste aber, ob mir etwas gefällt oder nicht.

„Was denn zum Beispiel?" wollte sie wissen.

„Paul Gauguin, `Zwei Mädchen mit Mangoblüte´."

Und da ich einmal, ein paar Jahre ist es her, eine Art Biographie von Gauguin gelesen hatte, genau gesagt waren es seine Briefe an einen Pariser Kunsthändler, konnte ich da auch etwas erzählen.

„Was liest du denn gerade?" fragte sie danach.

Ich wurde etwas verlegen. Auf meinem Nachttisch lag ein Roman, den ich noch nicht ganz zu Ende gelesen hatte. Aber warum sollte ich ihr den Titel nicht verraten? Und so sagte ich: „Die gefährliche Unausweichlichkeit der Liebe."

Sie hob etwas die Augenbrauen, was ich als Zweifel deutete.

„Nein, nein, habe ich jetzt nicht erfunden", wollte ich den vermuteten

Zweifel ausräumen. „Kannst du bei Amazon nachprüfen."

„Ja, ja, glaube ich dir", sagte sie jetzt lächelnd. „Und wenn du es erfunden hättest, wäre es genial. Wovon handelt es denn?"

Ich verzog das Gesicht, strich mir mit der Hand über den Kopf. „Nun ja, von einem Konflikt. Da ist auf der einen Seite die sexuelle Begehrlichkeit des Mannes, auf der anderen die Sehnsucht der Frau nach Verbindlichkeit."

„Und?"

„Ich habe den Roman noch nicht zu Ende gelesen. Aber im Grunde ist es kein Konflikt, wenn die Eigenschaften gleich verteilt sind. Ich meine, wenn beim Mann der Wunsch nach Verbindlichkeit hinzukommt und bei der Frau die Lust am Sex. Dann ist die Welt in Ordnung."

14

Die Stunden bis zum Nachmittag verschwebten wie vom Wind getriebene Seifenblasen. Als es im `Stillen Winkel` schließlich lebhafter und lauter wurde, begleitete mich Mandy zum Bahnhof, blieb mit mir auf dem Bahnsteig, wo der ICE nach Koblenz abfahren sollte. Dass er wie üblich Verspätung hatte, empfand ich dieses Mal als Segen.

„Du kommst doch am Samstag zu der Vernissage?"

„Aber ja doch!" antwortete ich spontan. „Bis dahin können wir ruhig auch telefonieren."

Wir tauschten Telefonnummern aus. Als dann der ICE einlief, umarmte sie mich, und das fühlte sich richtig gut an. Ich hielt sie etwas länger, als es sonst bei Begrüßungen oder einem Abschied üblich ist. Im Zug dachte ich darüber nach. Zufall, Schicksal oder Fügung? Ich weiß es nicht. Gott sei Dank gibt es noch Dinge zwischen Himmel und Erde, die der Mensch nicht ergründen kann. Für den Verlust von Notebook und Reisepass war ich jetzt nahezu dankbar und segnete das Gaunerpaar, das mir die Sachen geklaut hatte. Wäre ich sonst im `Stillen Winkel´ gelandet? Nein. Statt dessen würde ich im Flieger sitzen, über dem Atlantik, und einem ziemlich ungewissen Abenteuer entgegensehen. Die Kolumbianerin war eigentlich nur virtuell. Ich war mir noch nicht einmal sicher, ob es sie wirklich gab.

Wir hatten ja nur Emails ausgetauscht und über den Computer Schach gespielt. Ihre Fotos, die mir als Anhang ins Postfach gesegelt waren, mussten nicht der Wahrheit entsprechen. Telefongespräche hatte es nicht gegeben. Das war an der Sprache gescheitert. Monica aus Cartagena konnte auch ein Bot sein. Mandy dagegen war analog. Und wie!

Vom Koblenzer Bahnhof ließ ich mich mit einem Taxi nach Metternich bringen und lief im Hausflur der Nachbarin in die Arme, der ich die Schlüssel für Wohnung und Briefkasten anvertraut hatte.

„Wie? Schon wieder zurück?" sagte sie.

„Ja. Ich habe in Köln eine Frau kennengelernt. Die hat mir die Füße weggezogen."

„Ach nee! Doch noch auf Freiersfüßen? Ich dachte, Sie machen das nur bei anderen als Standesbeamter und Trauredner."

„Dieses Mal vielleicht nicht."

„Und wie alt ist die Dame, wenn ich fragen darf?"

„Jünger als ich."

„Männer!"

Ich erledigte die Mail an die Internetpolizei, teilte den Diebstahl mit und meine Sorge, dass sich jemand meine

Identität aneignen könnte. Auszuschließen war das ja nicht. Ich bekam eine automatische Antwort mit einer Vorgangsnummer. Ich schilderte auch, wie das im ˋSegafredoˊ abgelaufen war und gab die Empfehlung, dort mal einen verdeckten Ermittler zu platzieren.

Noch am selben Abend telefonierten Amanda und ich.

15

Bis zum Samstag, dem Tag, an dem die Vernissage im ˋStillen Winkelˋ stattfinden sollte, telefonierten wir jeden Abend stundenlang miteinander. Mit 67 bzw. 68 hat man viel zu erzählen. Mandy natürlich mehr als ich. Von der Welt hatte ich bis dahin noch nicht besonders viel gesehen. Cartagena de Indias hätte die erste Station sein sollen, um Europa einmal zu verlassen. Natürlich wurden auch sehr persönliche Fragen gestellt, der Lauf der Biographie erforscht.

„Warum hast du eigentlich nie geheiratet?" wollte sie wissen.

„Ich hatte genug damit zu tun, bei anderen die Ehe zu stiften."

Sie lachte. „Das ist doch nur eine Ausrede. Als Beamter hat man doch genug Freizeit."

„Stimmt", meinte ich. Und dann fiel mir die passende Antwort ein. „Ich wollte warten, bis die Richtige kommt."

Glucksendes Lachen. „Du bist wohl sehr anspruchsvoll. Wie kann man so lange warten!? Hast du schon viele Beziehungen oder Affären gehabt?"

Eine verfängliche Frage. Sagt man: „Nein, noch nie", steht man als Ladenhüter da und hätte eigentlich ins Kloster gehört. Antwortet man: „Klar, eine ganze Menge. Ich konnte noch nie die Finger von Frauen lassen", macht das einen ziemlich schlechten oder sogar fatalen Eindruck.

„Nee", wich ich aus. „Es gab mal eine Beziehung und einmal auch eine Affäre. Aber das ist Vergangenheit und als Vergangenheit uninteressant."

Gott sei Dank fragte sie nicht weiter nach, war rücksichtsvoll genug, das Thema zu wechseln. „Kannst du mir am Samstag bitte das Buch mit den Briefen Gauguins mitbringen. Ich würde es gerne lesen. Wie heißt es eigentlich?"

„Noa, Noa. Ist von 1967. Mit Farbtafeln. Ein antiquarisches Schätzchen. Noa bedeutet Duft, das Aroma der Südsee. Tahiti. Die neueren Auflagen haben den Titel `Der Traum von einem neuen Leben´. Warte, ich lese dir mal den Anfang vor. Der ist schön."

Ich ging zum Bücherregal, hatte auch rasch den alten Band gefunden, schlug ihn auf, begann vorzulesen:

„Nach dreiundsechzigtägiger Überfahrt, dreiundsechzig Tagen fieberhafter Erwartung, bemerkten wir am 8. Juni seltsame Feuer, die sich im Zickzack auf dem Meer bewegten. Von dem dunklen Himmel löste sich ein schwarzer Kegel mit zackigen Einschnitten. Wir umschifften Morea und hatten Tahiti vor uns."

„Schön!" sagte sie. „Wirklich schön. Ich wusste gar nicht, dass der nicht nur malen kann."

„Ja", sagte ich. „Ist schon eine seltsame Geschichte. Für seine Bilder hat er von dem Pariser Kunsthändler gerade so viel Geld bekommen, dass er sich neue Farben, Pinsel und Leinen kaufen konnte. Das Gemälde `Zwei Mädchen mit Mangoblüten´ ist heute viele Millionen Euro wert. Ein anderes Südsee-Gemälde von ihm ist für 300 Millionen US-Dollar nach Katar verkauft worden. Die Bilder Gauguins gefallen mir. `Zwei Mädchen mit Mangoblüten´ hängt als Reproduktion bei mir im Büro. Und jeden Tag finde ich es schöner."

„Ach, jaaa...? Ich habe mir das Bild im Internet angeguckt. Du liebst schöne, exotische Frauen?"

Uff! Da war sie wieder, die Falle. „Ich liebe die Natürlichkeit", antwortete ich, „die das Bild ausstrahlt. Die schönen Farben. Deshalb war Gauguin ja auch auf Tahiti."

Sie forschte nicht weiter nach, fragte: „Hast du den Roman zu Ende gelesen. `Die gefährliche Unausweichlichkeit der Liebe´?"

„Ja, habe ich."

„Und?"

„Der Konflikt endet friedlich. Es ist ja auch keiner. Sex und Verbindlichkeit lassen sich sehr gut vereinbaren. Sonst hätte ich gar nicht als Standesbeamter arbeiten können."

16

Natürlich fragte sie mich auch nach meinem Sternzeichen. „Wassermann", sagte ich. „Oh, wie schön! Das passt. Ich bin Zwilling."

Danach brachte sie mich in Verlegenheit. "Welches Buch, außer dem Gauguin, hat denn bei dir besonderen Eindruck gemacht?" wollte sie wissen.

Vor ein paar Wochen hatte ich in einer Metternicher Büchervitrine, wo man Bücher entnehmen oder auch hineinstellen kann, die Biographie von Klaus Kinski - `Ich bin so wild nach deinem Erdbeermund´ - gefunden. Ich scheute mich, einer Frau, die ich gerade erst kennengelernt hatte, einen solchen Titel zu nennen. Auch wenn die Wirtin gesagt hatte: "E Feministin es se net. Do muß de net oppasse, op jedes Wood achten. Die lacht och viel."

Beim Stammtisch, bei meinen Freunden, hätte ich gesagt: "Ein Superbuch. Ein deutscher Henry Miller. Da wird auf fast jeder Seite gefickt. Leider hat es nur etwa vierhundert."

So etwas konnte ich natürlich nicht zu Mandy sagen, nicht in diesem frühen

Stadium. Ich redete mich mit einem anderen Buch heraus, das ich davor zufällig in der Vitrine gefunden hatte. Die Biographie eines Kolumbianers. Gabriel García Márquez. `Leben, um davon zu erzählen´. Márquez hatte lange in Cartagena gelebt und sogar den Nobelpreis für Literatur bekommen. Dieses Buch hatte mich auch dazu gebracht, mit Monica aus Cartagena Schach zu spielen. Da schon mit dem Hintergedanken, die Stadt des Kolumbianers kennenzulernen. Nach der KinskiLektüre hätte es allerdings auch Rio sein können, wo Kinski zu Dreharbeiten war. Er hatte geschrieben: „Die Sambaschule ist die Fundgrube der wildesten Brasilianerinnen." Fast wäre es nicht Monica aus Cartagena gewesen, sondern Rita aus Rio. Aber die war brasilianische Meisterin und hätte mich nach wenigen Zügen mattgesetzt.

Ich erzählte Mandy also lieber von dem Buch des Kolumbianers. Auch darin gab es amüsante, erotische Abenteuer. Aber nicht so viele.

Von Mandy selbst erfuhr ich ein überraschendes Detail aus ihrem Leben. "1980", sagte sie, "war ich mit bei den

Olympischen Spielen in Moskau als Mitglied der Schwimmstaffel. Das waren die ersten olympischen Spiele in einem sozialistischen Staat. Die Amerikaner und die BRD hatten sie boykottiert. 1981 bin ich abends an die Ostsee gefahren, nach Wustrow, wollte nach Dänemark schwimmen. Ich habe die Dunkelheit abgewartet, mich mit Vaseline eingeschmiert und bin ins Wasser gestiegen. Aber nach etwa einem Kilometer hat mich ein Militärboot herausgefischt. Dann gab es drei Jahre Gefängnis. Klar, dass ich mich nach dem Mauerfall direkt in meinen Trabi gesetzt habe und in Köln gelandet bin."

"Alle Achtung!" sagte ich. "Verrückt. Da hast du schon einiges erlebt."

"Ja, ja" meinte sie. "Dass sie mich damals herausgefischt haben, kann Zufall gewesen sein. Vielleicht hatte es auch jemand der Stasi erzählt. Man wusste ja nie, wer einen beobachtete. Vor diesem Unternehmen hatte ich Langstrecken-schwimmen trainiert. Das ist vielleicht aufgefallen."

Nach ihrer Ehe mit dem Doktor Sandmann fragte ich sie nicht. Da konnte ich mir den Schlussakt denken, wenn der fast immer in der Praxis blieb und sich dem Whisky hingab. Vielleicht war die Straßenbahn, die er übersehen hatte, sogar eine Erlösung. Eine trauernde Witwe war Mandy jedenfalls nicht.

17

Es mag albern klingen, aber mir war endlich bewusst geworden, dass das Gespräch ein wichtiger Bestandteil der Erotik ist. Sonst hätten wir gar nicht stundenlang telefonieren können.

„Was gefällt dir eigentlich an den Mangomädchen?" fragte sie. Das Thema ließ sie nicht los.

„Es ist diese ursprüngliche Femininität, eine natürliche Anmut und Schönheit, die sich in dem Bild zeigt. Deswegen ist Gauguin ja in die Südsee gereist, um das zu suchen."

„Hast du mir nicht gesagt, du verstehst nichts von Kunst? Das hört sich aber anders an."

„Na, ja", gab ich zu, „ich habe ja nur gesagt, dass ich kein Kunsttheoretiker bin. Aber ich habe gerne die Biographien von Malern, Dichtern, Musikern gelesen. Da bekommt man schon einiges mit. Was die Malerei betrifft, auch die Verrücktheiten des Kunstmarktes. Gauguin hat für die Mangomädchen gerade mal so viel Geld bekommen, dass er sich neue Farben und Pinsel kaufen konnte. Andere Maler bekommen heutzutage und zu Lebzeiten für abstrakte Farbklecksereien zweistellige Millionenbeträge. Du könntest mir so ein Bild schenken. Ich würde es nicht aufhängen."

„Aber die Mangomädchen."

„Natürlich. Habe ich ja. Mit denen würde ich auch gerne am Frühstückstisch sitzen. Nicht aber mit einer Frau, wie Picasso sie malt. Versetzte Nase, schiefe Augen."

„Du hältst das für entartete Kunst?"

„Um Gottes willen! Das wäre Nazisprache. Soll doch jeder malen, wie er will. Ich würde es mir nur nicht aufhängen. Das ist ein dunkles, hässliches Kapitel deutscher Geschichte, einen Kandinsky wegen seiner Bilder zu verfolgen. Die Kunst ist völlig frei. Da braucht man keine idiotischen Kulturwächter."

„Da bin ich ja beruhigt, wenn du am Samstag meine Bilder siehst. Du könntest sie für abstrakt halten."

„Zunächst einmal halte ich sie für persönlich, weil sie von dir sind."

Um von einem verfänglichen Thema wegzukommen, fragte ich: „Wie machst du das eigentlich mit den Preisen für deine Bilder? Geht das nach Größe oder wie?"

Sie lachte. „Hört sich komisch an. Stimmt aber irgendwie. Ich nehme den Umfand des Bildes in Zentimetern und multipliziere ihn mit einem Bekanntheitsfaktor. Der ist bei mir ziemlich klein. Unter den Kölner Künstlern bin ich nur ein kleines Licht. Ich nehme als Bekanntheitsfaktor zur Zeit `Fünf´. Andere haben fünftausend. Du wirst ja am Samstag eins der größeren Formate sehen. Es hat den Umfang 1000 Zentimeter. Der Preis wäre also 5000 Euro. Aber es kommt auch darauf an, wer das Bild kaufen will. Ist mir die Person unsympathisch, verdoppel ich den Preis, denke, bei dem oder der will ich nicht an der Wand hängen."

„Kann man auch schon während der Ausstellung ein Bild kaufen?"fragte ich.

„Ja. Da kommt dann ein roter Punkt dran. Aber es bleibt hängen, bis die Ausstellung vorbei ist. Untersteh dich! Du bekommst kein Bild von mir. Ich will nicht mit deinen Mangomädchen konkurrieren."

18

Dann kam endlich der Samstag. Mit einem nervösen Kribbeln, von dem ich nicht wusste, ob es Vorfreude war oder die Angst vor Enttäuschung, fuhr ich gegen Mittag mit dem ICE von Koblenz nach Köln. Ein Auto hatte ich nicht, brauchte ich auch nicht. Der Verkehr mit seinen zahlreichen Staus war mir zuwider. Da nahm ich lieber die Verspätungen der Bundesbahn in Kauf und erledigte den Rest der Strecke mit dem Taxi. Für die freien Trauungen hatte ich in der Regel auch nur Kunden in Nordrhein-Westfalen, Hessen und Rheinland-Pfalz. Nur einmal war es etwas weiter. Da hatte mich Müllers Max, der Konsul, drei Jahre nach seiner fünften offiziellen Trauung nach Mallorca eingeladen.

„Ich will das jetzt noch einmal bekräftigen", hatte er gesagt. „Der

Beckenbauer hat immer nach elf Jahren gewechselt. Ich nach drei. Aber die drei Jahre sind jetzt vorbei und die Partie ist verdammt gut. Herr Wagner, das ist jetzt final."

Die Vernissage begann um 15 Uhr. Der `Stille Winkel´ war rammelvoll. Die meisten stammten aus einer lockeren Kölner Künstlervereinigung, die sich `Pinselstrich´ nannte.

„Ein etwas komischer Name", erklärte mir Mandy. „Aber das haben wir extra so gemacht, um nicht als zu bieder und seriös zu erscheinen. Aber am Anfang war uns ein Fehler unterlaufen. Da hatten wir uns `Flotter Strich´ genannt. Aber das haben wir dann nach den ersten Telefonanrufen rasch gemerkt."

Sie hatte mich mit einer Umarmung und einem Lächeln begrüßt. „Wie schön, dass du gekommen bist!"

Ich lernte auch Irmgards Mann kennen, ein bulliger Typ, der mir beim Vorstellen fast die Hand zerquetschte. „Drück net so doll!" hatte Irmgard zu ihm gesagt. Aber meine Hand saß wie in einem Schraubstock. Zu mir meinte sie entschuldigend: „D`r Eddy wor vürhe Baggerführer un Amateurboxer. Der vergisst dat net. Ävver vür mich is d`r bang. Hück soll er mich bem Zapfen helfe."

Es war die erste Vernissage in meinem Leben. Zuerst betrachtete ich Mandys Bilder, wusste gar nicht, ob man sie als abstrakt bezeichnen konnte. Es waren auf Holzrahmen gespannte Leinwände, die sie mit Kalk bestrichen und mit meist sanften Pigmentfarben bearbeitet hatte. Einzelne Buchstaben schimmerten durch die teils rissige Kalkschicht. Manchmal waren auch ganze Wörter zu entziffern. So zum Beispiel bei einem großen rechteckigen Format, das ich auf zwei mal drei Meter schätzte. Die Wörter `Tanz, Fluss, Gesang´ konnte ich erkennen, aber nicht den gesamten Text. In seiner farblichen Komposition gefiel es mir. Wird so ungefähr 5000 Euro kosten nach Mandys Preisverfahren, dachte ich. Ich würde es mir sogar aufhängen. Im Wohnzimmer neben dem Kamin. Aber kaufen? Wer weiß, was passiert? Vielleicht ziehen wir irgendwann ja zusammen und sie bringt es mit. Da muss ich es nicht kaufen. Aber was ist, wenn mir jemand zuvorkommt? Dann wäre es weg. Also doch vorbeugend roter Punkt? Mal sehen.

Die Vernissage begann mit einer Begrüßung durch Mandy. Eine Frau aus der Künstlervereinigung, die nicht nur malen, sondern auch mit der Violine umgehen konnte, spielte ein Stück aus Mendelssohns `Italienischer Sinfonie´, danach hielt ein älterer, weißhaariger Herr vom `Pinselstrich´ eine einführende Rede, lobte das geheimnisvoll Archäologische der Bildtafeln und die gekonnte Pigmentierung und schloss mit den kauzigen Worten: „Nun, dann entziffern wir mal!"

Mit dem Bier- oder Sektglas in der Hand begann nun ein Rundgang. Vor dem großformatigen Bild blieb ich etwas länger stehen, bis jemand neben mir sagte: „Ich möchte auch mal gucken!"

Danach gab es an den Tischen und an der Theke ein zwangloses Beieinander. Mandy stellte mich einigen engeren Freunden und Freundinnen vom `Pinselstrich´ vor, sagte nur: „Das ist Paul aus Koblenz. Ein Fan von Gauguin." Damit wollte sie wohl ein Signal geben, dass man sich mit mir als Laien über Kunst unterhalten konnte. Für alle anderen Varianten der Vorstellung war es ja noch viel zu früh.

Aufgemischt wurde die Versammlung durch einen kleinen Skandal. Zwei Frauen sprachen erregt über Politik. Irmgard hob mahnend den Zeigefinger. „Habter dat Schild druße net jelese!? Keine Politik, keine Religion!"

Aber da war es schon zu spät. „Grüne Schlampe!" schimpfte die eine. „Rote Sau!" gab die andere zurück. Das war zu viel. Die als `Rote Sau´ Titulierte hatte ein Glas mit Rotwein in der Hand und schleuderte den Inhalt in Richtung der `Grünen Schlampe´, verfehlte sie aber, so dass der Rotwein an der weißen Wand der Kneipe landete.

„Dat mäste widder wech", sagte Irmgard ziemlich ruhig. „Un zwar de janze Wand. Dat werd alles neu jestriche. Irr sed doch bekloppt. Vür nem Johr habter noch hierode wolle. Un jetz sowat!"

Die Damen beruhigten sich wieder. Und dann kam Mandy zu mir, legte den Arm um meine Schulter und sagte den Satz, den ich mein Lebtag nicht vergessen werde.

„Trink bitte nicht so viel! Sonst musst du diese Nacht auf dem Sofa schlafen."

19

Beim Frühstück kam sie auf Spanien zu sprechen. „Würdest du mitfahren?" fragte sie. „Nach Málaga?"

„Klar!" antwortete ich. „Gerne."

„Aber ich will nicht nur eine Affäre", meinte sie.

„Ich auch nicht." Und in einem Anflug von Tollkühnheit ergänzte ich: „Wir können vorher heiraten."

„Das geht nicht. Dann verliere ich meine Witwenrente."

Ich zuckte mit den Schultern. „Geht doch. Wir machen eine freie Trauung. Läuft genauso ab wie auf dem Standesamt. Nur die Unterschriften fehlen. Könnten wir im `Stillen Winkel´ machen, bei der Irmi. Die ist dann die Standesbeamtin. Weiter brauchen wir nur noch zwei Trauzeugen. Und dann brauchen wir auch Ringe. Online anmelden für die Zeremonie müssen wir uns nicht. Wir machen in der kommenden Woche für ein paar Stündchen geschlossene Gesellschaft und danach geht es direkt ab nach Málaga. Die Zeremonie werde ich mit der Irmi bereden, ihr sagen, wie das geht. Du besorgst die beiden Trauzeugen. Die Dame mit der

Violine macht die musikalische Begleitung. Zum Beispiel wieder was aus der `Italienischen Sinfonie´. Ich fahre heute Abend nach Koblenz zurück und gehe vorher in die Kneipe, um das mit Irmi zu klären. Ich mach das aber alleine. Es soll ja für die Braut eine Überraschung sein."

„Das würdest du tun?"

„Na klar. Diese Nacht soll ja nicht die einzige gewesen sein."

„Wir fahren aber mit dem Auto nach Spanien. Mit deinem oder mit meinem?"

„Ich hab keins. Wir müssten deins nehmen. Was ist es denn?"

„Ein Minicooper. Cabrio. Ist noch ziemlich neu. Der schafft das locker bis Málaga. Viel Gepäck können wir allerdings nicht mitnehmen."

„Brauchen wir auch nicht. Wenn was fehlt, kaufen wir es unterwegs oder in Spanien. Die Hauptsache, wir sind erst mal weg. Schön, ich freue mich. Statt Kolumbien also Spanien."

„Hast du eine Ahnung von der Route? Erst mal durch Frankreich. Das weiß ich natürlich. Aber dann?"

„Am besten links rum. Ich meine östlich an den Pyrenäen vorbei. Die Strecke

Marseille – Barcelona. Dann fahren wir die Küste entlang bis Málaga."

„Und du willst heute Abend schon zurück nach Koblenz?"

„Ja. Ich will das mit der Irmi bereden. Du fragst schon mal nach den Trauzeugen. Und wenn du Morgen oder Übermorgen zu mir nach Koblenz kommst, freue ich mich. Die Wohnung ist groß genug, liegt Parterre, mit Terrasse und Garten. Nur das Bett ist etwas klein."

„Das macht nichts. Mit dir liege ich gerne eng."

20

Wo wir den weiteren Tag verbrachten, muss ich hier nicht erklären. Auf jeden Fall nicht im Museum. Am Abend ging ich dann die kurze Strecke vom Ebertplatz zum Bahnhof, kehrte vor der Abfahrt des Zuges `Im Stillen Winkel´ ein. Es saßen nur ein paar Gäste an der Theke. An einem der Tische konnte ich ungestört mit Irmgard reden und erklären, was wir vorhatten.

„Puh, dat jing ävver flott!" meinte sie.

„Na klar, bei deiner wunderbaren Hilfe. Darüber wundere ich mich übrigens jetzt noch."

„Jut Jung. Ich kann et dir jetz ja sagen. Ich bin froh, dat et dir widder jut jeht. Un och dem Mändy. Ävver pass op. Worüm esch so richtich fruh bin, dat ihr noch Spanien fahrt, kann ich dir jo jetz verzälle. Esu, dat wor em November letzte Johr. Da mach ich die Kneip eher zu, geh noch Hus. Mer wor et net so jut. Ich mach de Hausdür op, jeh de Trepp huch. Wat seh ich da im eeste Stock, da wo dat Mändy wonnt? Da steht minge Käl vor d`r Tür un is am klingele. Wat mäs du dann do? frach esch. Ich will zu dem Doktor, sät d´r. Du Tünnes, sachen esch. D´r Doktor is doch schon lang dud. Und außerdem, besucht man ne Praxis mit ner Flasche Sekt unnerm Ärm. Do hätt d`r nix mi jesaat und esch wusst bescheid. D`r hätt dem Mändy schon immer jruße Ojen jemaat. Dat is jetz jot, wenn die mol weg is. Jut Jung, wat muss esch denn donn bei d`r Trauung?"

„Nicht viel. Auf die Feststellung der Personalien können wir verzichten. Auch auf die Frage, ob sich seit der Anmeldung zur Eheschließung Veränderungen in den persönlichen Daten ergeben haben. Du begrüßt erst uns, dann die Trauzeugen, dann die Freunde und Gäste. Du sagst auch: `Bitte die Handys ausmachen!´ Dann: `Liebe Mandy, lieber Paul, heute ist euer Tag. Gleich gebt ihr euch das Ja-Wort und besiegelt hier vor uns allen eure Liebe.´ Du hältst eine kleine Traurede. Du bekommst von mir ein Blatt mit einem Muster, falls dir selbst nichts einfällt. Am geeignetsten in unserem Fall ist das Thema `Die Ehe als Reise´. Du kannst das ruhig vom Blatt ablesen. Dann kommen wir zum rechtlichen Teil. Zum Ja-Wort. Du fragst mich, ob das mein freier Wille ist, mit der hier anwesenden Mandy die Ehe einzugehen. `Wenn das so ist, so antworte mit `Ja´.` Umgekehrt machst du das bei Mandy. Ist das geschehen, sagst du: `Nachdem ihr so laut mit `Ja´ geantwortet habt, erkläre ich euch kraft meines Amtes zu Eheleuten.´ Dann tauschen wir die Ringe. Du sagst: `Ihr dürft euch jetzt küssen.´ Unterschrieben wird nichts. Auch von den Trauzeugen nicht. Die gucken nur zu.“

„Wie soll die Rede dann jonn? Op Kölsch or op Hochdeutsch? Dat kann ich och. Ze Hus hamer Kölsch jesproche. Minge Vatter wor Bühnenbildner bem

72

Hänneschentheater. In de Schul wor dat am Anfang schwierich. De Lehrer hät jesat: "Meine Liebe, hier wird Hochdeutsch gesprochen. Sonst bekommst du ein Mangelhaft,"

„Da es ein feierlicher Akt ist, am besten auf Hochdeutsch", schlug ich vor. „Es soll ja kein Hänneschentheater sein."

„Ja, Jung, mach ich. Ävver esch donn net nur vom Blatt avlese. E paar persönliche Bemerkungen mösst ir vertraje könne. Un för de Schluss es mer och schon wat ingefalle."

21

Am Montagmittag war Mandy in Koblenz. Ich zeigte ihr erst die Wohnung, drei Zimmer plus ein kleines Büro. Garten und Terrasse waren im Winter etwas triste. Bei dem Bild `Zwei Mädchen mit Mangoblüten´ verharrte sie eine Weile, meinte nur: „Hmm, schön ist es ja. Ich hoffe, ich kann damit konkurrieren."

„Aber ja doch!" sagte ich nur.

Dann fuhren wir in die Innenstadt, suchten einen Juwelier, probierten Ringe an, entschieden uns schließlich für Weißgold.

„Das hält am längsten", sagte ich.

Die Gravuren sollten bis Dienstagmittag fertig sein. In ihrem Ring `Paul´, in meinem `Amanda´. „Die Bedeutung des Namens ist ja schön", erklärte ich. Die Trauung war für den Mittwochmorgen angesetzt. Mandy hatte das mit Irmgard schon geregelt. Trauzeugin war die Dame mit der Violine. Bei dem Trauzeugen hatte sich Irmgard eingemischt und darauf bestanden, dass der Eddy das machen musste. Warum, war mir klar. Der sollte sehen, dass Mandy weg war. Die Leute vom `Pinselstrich´ waren kurzfristig telefonisch eingeladen. Wer kommen konnte, durfte dabei sein. Vom Schachverein `Rochade Metternich´ hatte ich zwei Freunde, im Rentenalter schon, eingeladen. Die würden spontan kommen können. Ich hatte ihnen die Lage der Kneipe geschildert und erklärt: „Die Standesbeamtin kommt dorthin." Meinem Mitarbeiter bzw. der Mitarbeiterin von der `Freien Trauung´ habe ich nichts erzählt. Die Irmgard sollte die Zeremonie vollziehen. Als Mandy sich am Dienstagnachmittag verabschiedete, gab ich ihr einen verschlossenen Umschlag mit.

„Der ist für Irmgard" sagte ich. „Damit sie weiß, wie das abläuft."

Darin war auch die kurze Traurede mit dem Thema `Die Ehe als Reise´. Ich wunderte mich, wie rasch das alles ging. Es war sehr unkompliziert. Nach der Trauung sollte es einen kleinen Umtrunk geben, und direkt danach ging es mit dem Mini nach Málaga. Der würde fertiggepackt in einem Parkhaus am Dom stehen.

Am späten Dienstagnachmittag holte ich die Ringe beim Juwelier ab und klemmte mir zu Hause eine Wäscheklammer ans Ohrläppchen, um mich zu erinnern, damit mir der Klassiker bei Trauungen nicht passiert. „Ohje, ich hab die Ringe vergessen!"

Schon ziemlich früh am Mittwochmorgen fuhr ich mit meinem Schicksalszug, dem ICE, nach Köln. Ich trug den feierlichen, dunkelblauen Anzug, den ich auch als Standesbeamter getragen hatte. Statt Krawatte hatte ich mich für eine silberfarbene Fliege entschieden. Die Trauung war für elf Uhr angesetzt. Um halb Zehn betrat ich, den Rolli hinter mir herziehend, den `Stillen Winkel´. Irmgard war schon da. Und auch der Eddy. Er machte sich hinter der Theke am CD-Player zu schaffen, installierte irgendein Zusatzgerät. Ich ließ mir einen Kaffee zubereiten, wehrte das Angebot für einen Schnaps ab, sagte: „Trauungen muss man nüchtern erleben. Sich betrinken kann man danach."

22

An der Tür der Kneipe war ein Schild angebracht. „Heute geschlossene Gesellschaft". Die ersten Gäste trafen um Viertel vor Elf ein. Freunde und Freundinnen vom `Pinselstrich´. Sie alle kannte ich schon von der Vernissage her. Um zehn vor Elf kamen auch meine beiden Koblenzer Freunde. „Die Standesbeamtin ist schon da?" fragten sie.

Ich zeigte auf Irmgard. „Ja, und zapfen kann sie auch."

Die vom `Pinselstrich´ hatten sich an den Tischen verteilt. Eine Sitzordnung gab es nicht. „Dat Brautpaar", hatte Irmgard gesagt, „sitzt hier bei mir janz vorne anne Theke." Sie selbst würde dahinter stehen. Vor sich hatte sie zwei Blätter liegen. Eins mit dem Ablauf der Zeremonie, das andere mit der Rede. Eddy zapfte schon mal Bier und verteilte es auf den Tischen. Am Tisch, der der Theke am nächsten war, saßen die beiden Streithähne vom Samstag und tuschelten. Sie waren nicht leise genug. Ich konnte es hören. „Da ist der Alte noch nicht kalt, da hat die schon nen Neuen."

Fünf vor Elf. Wo blieb Amanda? Ich wurde etwas nervös. Das gab es ja auch, dass jemand kurz vor dem Ereignis kalte Füße bekam. Die Ringe hatte ich nicht vergessen, wäre aber fast mit der Klammer am Ohrläppchen zum Bahnhof gefahren. Nur dem verwunderten Blick des Taxifahrers verdanke ich es, dass es nicht passiert ist.

Zwei Minuten vor Elf. Wo bleibt die Braut? Wir hatten doch gestern Abend noch telefoniert und sie war bester Laune, freute sich auf die Hochzeit und auf Spanien. Sogar eine etwas flapsige Bemerkung von mir hatte sie lachend mit Humor genommen. Andere Frauen hätten mich streng zurechtgewiesen. „Sind wir etwa Sklavinnen!? Wie kann man `übernehmen´ sagen!?" Ich hatte zu Mandy gemeint: „Ich möchte gern von den

Glimmstängeln weg und werde mir eine Pfeife zulegen."

„Mein Mann hat noch welche. Du musst dir keine kaufen", hatte Amanda vorgeschlagen.

„Nein, nein", habe ich gesagt. „Es reicht, wenn ich seine Frau übernehme. Da muss nicht noch die Pfeife hinterher."

Genau eine Minute vor Elf öffnete sich die Tür. Mandy kam herein. In Begleitung von Doris Weber, der Violinistin. Amanda sah hinreißend aus. Sie trug ein zartbeiges langes Kleid mit tiefem Ausschnitt. Die Füße steckten in taubenblauen Stiefelchen. Auf dem Kopf saß wieder der weiße Panamahut, unter dem die blonden Haare locker auf die Schulter fielen.

„Dann kann et ja jetzt lossjonn!" sagte Irmgard.

23

Es war ein paar Minuten nach Elf, da warf die Wirtin einen letzten Blick auf das Blatt mit dem Hergang der Zeremonie, schlug dreimal mit einem Löffel an ein Bierglas. Es wurde still im Raum.

„Liebe Amanda Sandmann, lieber Paul Wagner, liebe Trauzeugen, liebe Freunde und Gäste. Macht bitte eure Handys aus. Heute, liebe Amanda, lieber Paul, ist euer Tag. Ihr gebt euch gleich das Ja-Wort und besiegelt vor uns allen eure Liebe. Es ging alles ganz flott. Ihr habt euch sogleich gemocht. Mit einem lateinischen Sprichwort könnte man sagen `Veni, vidi, vicci`. Ich kam, sah und siegte."

Ich vernahm von einigen Tischen ein kaum unterdrücktes Lachen. Es musste natürlich heißen `Veni, vidi, vinci´. Aber Irmgard ließ sich davon nicht aus dem Konzept bringen, fuhr fort: „Die Ehe ist ja wie eine schöne, abenteuerliche Reise. Was erlebt man nicht alles zu Zweit! Ihr beide reist jetzt nach Spanien. Wenn ihr zurückkommt, werdet ihr bestimmt zusammen sesshaft. Hoffentlich in Köln, damit ihr jeden Tag hierher kommen könnt. Ihr habt noch ganz viel zu entdecken. Auch wenn ihr schon etwas älter seid. Ich gebe euch einen Satz des Dalai Lama mit. `Geht einmal im Jahr dorthin, wo ihr noch niemals wart.´ Ich wünsche euch viele schöne Momente für eure Ehereise. Und wenn ihr euch mal zankt, wartet bis zum nächsten Tag. Dann ist das wieder weg. `Die schönsten Momente´, das sagt die Dichterin Luise Rinser, `hat man immer zu Zweit.´ Wir kommen jetzt zum rechtlichen Teil dieser Trauung. Der Eddy gibt jedem ein Glas Sekt. Und wenn die Beiden `Ja´ gesagt und die Ringe getauscht haben, wird das auf Ex getrunken. Damit ist das rechtlich besiegelt. Und ihr Beiden dürft euch dann küssen. Wenn der Kuss vorbei ist, spielt uns die Doris Weber was auf der Violine."

„Wat wor dat noch mol?" flüsterte Irmgard mir zu.

„Etwas aus der `Italienischen Sinfonie´, von Mendelssohn", flüsterte ich zurück

Eddy ging nun auf das Kommando seiner Frau herum und verteilte die Gläser mit dem Sekt. Als das geleistet war, setzte Irmgard die Zeremonie fort.

„Wir stehen nun alle auf zum Ja-Wort. Ich frage dich, Paul Wagner, ist es dein freier Wille, mit der hier anwesenden Amanda Sandmann den Bund der Ehe einzugehen? Wenn das so ist, so antworte laut mit `Ja´.

„Ja!" sagte ich laut und vernehmlich.

Irmgard fuhr fort: „Ich frage dich, Amanda Sandmann, ist es dein freier Wille, mit dem hier anwesenden Paul

Wagner den Bund der Ehe einzugehen. Wenn das so ist, antworte laut mit `Ja´."

„Ja!" sagte Mandy laut und vernehmlich.

„Dann erkläre ich euch kraft meines Amtes zu rechtmäßig verbundenen Eheleuten. Ihr tauscht jetzt die Ringe, könnt euch danach auch einen Kuss geben. Aber treibt es nicht zu doll. Und dann trinken wir alle auf Ex. Das wärs dann. Ach ja, und damit wir auch unseren Spaß haben und nicht nur die Beiden, hat der Eddy ne Karaoke-Anlage aufgebaut. Die Beiden singen dann für uns im Duo oder im Duett oder wie das heißt, auf jeden Fall aber zu Zweit `Warum hast du nicht `Nein´ gesagt.´ Textblätter und Mikro gibt euch der Eddy. Das leise Playback von dem Roland Kaiser und der Maite Kelly hilft euch dabei. Aber vorher hören wir uns noch zum Abschluss der Zeremonie ein Stück von Mendelsen an."

Wir tauschten die Ringe, küssten uns, dann stimmte Doris Weber mit ein paar Zupfern die Violine. Ein sanftes, romantisches Adagio aus der `Italienischen Sinfonie´ von Mendelssohn begann.

24

Das mit dem Song haben wir einigermaßen hingekriegt. Bei den ersten Zeilen war ich noch schüchtern, aber dann, Amanda in die Augen sehend, trällerte ich lustig mit. „Warum hast du nicht `Nein´ gesagt? Es lag allein an dir." Wir bekamen viel Beifall und Bravo-Rufe. Dann wurde in lockerer Runde getrunken und erzählt. Mit dem Sekt und dem Kölsch hielten Mandy und ich uns zurück. Wir wollten ja am selben Tag noch auf Hochzeitsreise gehen.

Um Eins sagte die Wirtin: „Der Eddy holt jetz dat Auto, fäht et vür de Dür un dann sinn die Beiden fott. Ab nach Spanien!"

So geschah es dann auch. Eddy verschwand. Eine Viertelstunde später fuhr er mit dem Wagen vor, stellte ihn vor der Tür ab. Wir verabschiedeten uns, gingen raus, und da sahen wir, dass Eddy hinten an den Mini eine Traube bunter Luftballons gebunden hatte.

„Die könnt`r hier in Kölle noch dran losse", sagte Irmgard. „Aber befür et auf de Autobahn jeht, nemt`r de lever aff. Sonst kann et Ärjer jeve."

Zum Umziehen haben wir gar keine Zeit mehr gehabt. Also fuhren wir, aus den Seitenfenstern winkend, in Festkleidung davon. Wir wollten am ersten Tag bis Freiburg kommen, wo ich ein Hotel gebucht hatte. Als wir über die Deutzer Brücke Richtung A3 fuhren, musste ich plötzlich lachen.

„Was ist?" fragte Amanda.

„Man müsste das Kölner Grundgesetz um einen speziellen Artikel erweitern", antwortete ich.

„Um welchen?"

„Einmal nicht aufgepasst, und schon bist du im Glück gelandet. Emol net opjepass, un schon besse em Glück. Wie schön, dass man mir Laptop und Reisepass geklaut hat. Ich muss dem lieben Gott danken, dass er mir die digitale Welt des Computers gegen ein analoges, rassiges Weib eingetauscht hat."

Das Wort `Weib´ darf man eigentlich nicht mehr benutzen. Aber Mandy lachte. Ich hatte ihr vorher erklärt: „Für mich ist das ein Elementarbegriff. So wie Sonne, Mond und Sterne. Oder wie ein Tornado über dem Meer."

*

www.ruediger-schneider.net